JN163624

古典から生まれた新しい物語＊こわい話

第三の子ども

日本児童文学者協会・編
浅賀行雄・絵

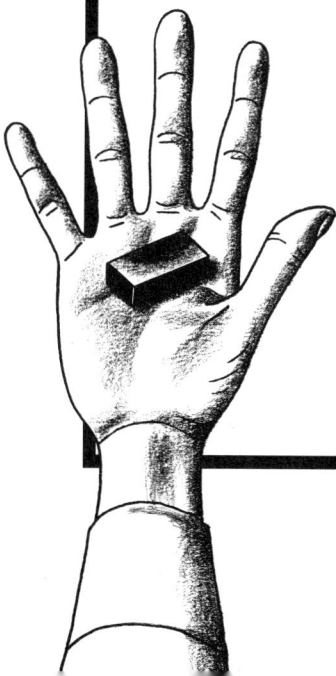

目次

仙人さん　令丈ヒロ子――5
マクベスの消しゴム　藤真知子――35
さよならピアノ　吉野万理子――61

第三の子ども　阿刀田高 ―― 91
〈古典への扉〉何度も手を洗うくせ　宮川健郎 ―― 124

このシリーズについて

この本に収められているお話は、四人の作家が古典作品からインスピレーションを得て創作したものです。「古典をヒントに新しくつくられたアンソロジー」といいかえてもよいでしょう。

それぞれの物語の最後に、作者からのメッセージがあります。ここで、作家はどの古典作品をとりあげて執筆したのかを明かしています。それらは時代や国を問わず、また、文学作品だけでなく、民話や伝説など幅広いジャンルからえらばれています。だれもが知っている有名な作品もあれば、あまり聞いたことのないものもあるはずです。どんな古典なのか、予想しながら読んでみるのもおもしろいでしょう。

また、巻末には、古典にふれる案内として、解説と本の紹介ものせました。作品を読んで、その物語が生まれるきっかけとなった古典に興味をもった読者は、ぜひ、そちらのほうにも手をのばしてみてください。

編者／日本児童文学者協会
編集委員／津久井惠、藤真知子、宮川健郎、偕成社編集部

仙人さん

令丈ヒロ子

その日、わたしはあせっていた。
塾の終わったあとは、すぐに帰ってきなさいとお母さんにいわれているのに、ついついナナオちゃんと盛りあがってしまって、気がついたら外が真っ暗になっていた。
今日は、お母さんのきげんが特に悪い。
お母さんは、お父さんが帰ってこないのに腹をたてているが、お父さんがたまに帰ってきたら、もっと怒る。
きのう、お父さんがひさしぶりに帰ってきた。お母さんはお父さんの背中を追いかけるように、きつい口調でいろいろいっていた。お父さんは必要なものをかばんにつめこむと、逃げるように家を出ていった。
（おしゃべりしておそくなった、なんていったら、めっちゃ怒られるよね……。怒られるのはしかたないけど、また泣かれてもこまるし……）
わたしは思いきって、コンビニの横の細い路地にとびこんだ。
この裏道は、「暗モール」――昔ショッピングモールだった通りで、昼でも暗いからそう呼ばれていて、夜は特に暗い――につづく。

でも、暗モールを通りぬければ、大通りをまわって帰るより、五分以上早く家に帰れる。

塾の帰りに、いつも手をふってあいさつするコンビニの店長さんが、あれっという顔をして、横道を走っていくわたしを見ていた。

せまい路地を通りぬけたら、暗モールが真っ黒い口を大きくひらいて、待ちかまえていた。

わたしはポケットの中のケータイを、ぎゅっとにぎりしめた。なにかあったら、ボタン一つでお母さんのケータイにつながる。

暗モールの中に、おそるおそる入った。真っ暗なのかと思ったら、奥の方がほのかに明るい。出口近くに一つ、常夜灯がついているみたいだ。

しまったシャッターがずらっとならび、空き箱やごみがころがっている。

（ホームレスの人がいるってうわさだったけど、よかった。だれもいないみたい）

わたしは、常夜灯めがけて走った。出口がどんどん近くなり、あと少し！　と思った、そのときだった。

ごん！　と、なにかがぶつかるようなにぶい音が聞こえた。
見ると、常夜灯の根もとに、おじいさんがたおれていた。枯れ木のようにやせた手足、白く長いあごひげ、そでのちぎれた黄ばんだ着物。
（あ、仙人さんだ！）
わたしは思わず、立ちどまった。この近くでたまに見るホームレスのおじいさんで、仙人みたいなかっこうをしているから、この近所の人たちはみんな「仙人さん」と呼んでいる。
（どうしよう。仙人さん、病気かなにかかな？　おとなを呼んだ方がいいのかな）
迷っていると、仙人さんは細く目をあけて、わたしに左右に首をふった。
同時に、かん高い笑い声が、暗モールの日よけがやぶれた天井にひびいた。
「おい、仙人なら、なんかしてみせろよ」
そういって、たおれている仙人さんの頭を、黒いローファーをはいた足が、がん！とけりとばした。仙人さんは吹っ飛んで、うつぶせに地面につっぷした。
わたしは息をのんで、かたまってしまった。

「なんだよ。おまえも、ほかのじいさんたちと同じで、やられっぱなしだな。くだらねえ仙人だ」

そういいながら笑っている顔が、常夜灯の光の下にすっとあらわれた。わたしは、もう少しでさけびそうになった。

すっきりととがったあご、切れ長のきれいな目、長い足、それに香蘭高校のエンブレムの入ったブレザー。

（モ、モデルの誠也くんだ！）

ナナオちゃんが大ファンで、よく誠也くんが専属モデルをしている雑誌を見せてくれる。

誠也くんが、こっちを見た。目が合った。

誠也くんの目が、一瞬、おどろいたように大きくひらいたが、すうっと細くなった。そして、薄いくちびるにうっすらと笑みをうかべて、こういった。

「あれれ、見ちゃった？」

蛇みたいに、口がさけて見えた。逃げなきゃと思うが、体が凍りついて動かない。

誠也くんが、一歩わたしに近づこうとしたとき、ぴりりりりと、大きな音がポケットの中で鳴った。

お母さんからのケータイの着信音だ！

誠也くんが、はっと身をこわばらせた。とたんに体が動いて、わたしは全速力で走りだした。とにかく夢中で家まで走った。そのあいだ、ずっとケータイは鳴っていた。

マンションのエントランスで、ようやく後ろをふりかえり、だれも近くにいないことをたしかめて、ケータイに出た。

——みのり！　今どこにいるの！

「お母さん……。今、マンションの一階……。」

そこまでいったら、がくがくとひざがふるえて、その場にすわりこんでしまった。

わたしはお母さんに、全部話した。このままでは、仙人さんが死んでしまうかもしれない。すぐに警察に連絡するべきだと。

でも、お母さんは、「雑誌専属モデルの誠也くん」に、首をかしげた。誠也くんは、小中学生の女子には有名だが、おとなはあまり知らない。

「その人の顔を見たのは、一瞬だけでしょ？　警察にいって人まちがいだったら、大変なことになるんじゃないの？　制服だって、絶対に香蘭高校のものだといえる？　似たようなブレザーだったんじゃないの？」

そういわれると、自信がなくなってきた。

香蘭高校は、この地区で有名な私立高校だ。そんな学校の生徒が、あんなひどいことをするだろうか。ましてや誠也くんは、ファンもいっぱいいる人気者だ。ホームレスのおじいさんを笑いながらけるなんて、ありえないかもしれない。

警察には、お母さんからうまく話しておくから、暗モールで見たことはだれにもいわないでおきなさい、といわれた。

そして、暗モールには二度と行かないという約束をして、塾の帰りはお母さんにむかえに来てもらうことになった。

その週末。日曜日、お昼すぎのことだった。

わたしは、リニューアルしたばかりの駅ビルのショッピングフロアにいた。
駅ビルの中に新しくできた、かわいい文房具のお店に、塾のなかよしで行こうと、ナナオちゃんたちにさそわれたのだ。
二時間以内に帰ってくるとお母さんと約束をして、家を出た。
お店には、もこもこのぬいぐるみみたいなポーチや、お姫様のキャラクターのペンケースなんかがいっぱいならんでいて、わたしたちは、あれもかわいい、これもかわいいと大さわぎをした。迷いに迷ったあげく、みんなで色ちがいの、アイスクリームの絵のクリアファイルを買った。
（来てよかった！）
暗モールの夜から、気持ちがずっとふさいでいたが、こうやって友だちと大笑いしていたら、あのできごとは、みんな忘れてしまっていいんだと思えた。
「ねえ、アイスクリーム食べたくなっちゃった。みんなは？」
亜美ちゃんがいいだした。
「食べたいっ！　一階に、チャーム・アイスできたよね。行ってみる？」

ナナオちゃんがいい、
「それ、行きたいわ」
加西さんも賛成して、行くことになった。
チャーム・アイスは人気店で、すごく混んでいた。
「奥の席もいっぱいだよね。ん？　なんか人だかりができてる。なんだろ」
ナナオちゃんが背のびして、店の奥をのぞきこんだとたん、とびあがった。
「うそっ！　どうしよう！　かっこいい人がいるって思ったら！　誠也くんだよ！」
「きゃあっ！　誠也くんだ！　って、いっしょにいる人、まさかカノジョ⁉」
亜美ちゃんもいっしょに、大きな声でいったとき、人だかりをかきわけるようにして、ひと組のカップルが出てきた。
誠也くんと、高校生ぐらいのすごくきれいなおねえさんだ。おねえさんは、アイスの入ったピンクのカップを持っている。
雑誌の中からとびだしたような、かっこいいカップルの登場に、みんなが注目したが、わたしはナナオちゃんの後ろにかくれた。

「誠也くん！　あの、握手してください！」
ナナオちゃんが真っ赤な顔でさけんだら、誠也くんが立ちどまった。
わたしは後ろに下がりすぎて、アイスクリームのケースに、どん！　と背中がぶつかった。
白いひたいになめにかかる髪、細いまゆと、切れあがったシャープな目、誠也くんの顔は、暗モールで見た顔と、まったく同じだった。
（やっぱり、あのときの……仙人さんをけってた人だ！　見まちがいじゃない！）
そう思ったとき、誠也くんが、つっと目をあげてこっちを見た。
（わたしの顔……。誠也くんは覚えてるかも！）
とっさに、両手で鼻から下をおおった。
しかし、誠也くんは特にわたしに目をとめず、ナナオちゃんに、にこっと笑いかけた。
「ごめんね、今日はお休みでデート中だから」
「やっぱりデートなんですか？　わたしたち大ファンなんで、なんかショックです！」

亜美ちゃんもいっしょになって、さけんだ。
「ぼくはアイドルじゃないからさ。デートだって堂々とするよ」
誠也くんが苦笑いをする。
「誠也、わたしはいいから、握手ぐらいしてあげたら？　みんな小学生なんでしょ？」
誠也くんの彼女が、くすくす笑っていった。
「サエがそういってくれるなら。おゆるしが出たよ。だれから握手する？」
きゃあっと声をあげて、ナナオちゃんが一番に手をさしだした。
その手をにぎりながら、誠也くんがきいた。
「きみたち、何年生？」
「みんな五年生です」
「同じクラスなの？」
「いいえ、同じ塾の仲間です」
顔を真っ赤にして、ナナオちゃんが答える。
このままでは、握手の順番がまわってくる。

手をにぎって近くで顔を見られたら、暗モールにいたのがわたしだと、気がついてしまうかもしれない。そう思うと、足もとからふるえが体をはいのぼってきた。

誠也くんが亜美ちゃんの手をにぎったとき、すぐ前にいた加西さんに早口でいった。

「ごめん、お母さんから、すぐに帰ってきなさいって電話がかかってきたから、先に帰るね」

「え。多田さん、もう帰るの？」

加西さんが大きな声でいった。すると、ナナオちゃんと亜美ちゃんがこっちを見た。

「ええーっ？　みのりちゃん、このタイミングで帰る？」

「握手してもらわなくていいの？」

「ご、ごめん！　またね！」

わたしは店からとびだした。

翌日。月曜日。

塾を出て、約束の場所、コンビニの前に行ったが、お母さんはまだむかえに来ていなかった。おそいなと思ったら、ケータイが鳴った。

——ごめん、みのり！　お父さんが急に帰ってきちゃって……。だから、わたしはみのりをむかえに行かなくちゃいけないって、いってるでしょう⁉　どうして、今そんなことというの！

お母さんのわめく声と、お父さんがなにかいいかえす声が、かさなって聞こえる。わたしは、ぎゅっと目をとじた。二人のさけぶ声を聞くと、しめつけられたように胸が苦しくなる。

「いいよ、お母さん。今日はまだ早いし、一人で帰るよ。大通り沿いに帰るし、だいじょうぶだよ」

——ごめんね。途中までむかえに行くから。

ケータイを切ったその手を、だれかにつかまれた。ぎょっとして顔をあげると、白いひげのおじいさんだった。

「あっ。せ、仙人……さん⁉」

ぼろぼろの、そでがない薄い着物を、おなかのところで縄のような太いひもでしめて、杖をついていた。あれだけひどく誠也くんにけられたのに、けがをしているようすはない。

「大通りから帰ってはだめじゃ。今日は、こっちから帰るがいい」

仙人さんはコンビニの横の道を、杖の先でさした。

「……それはできません。二度と、あの場所に行かないって、お母さんとも約束してますから！」

仙人さんをふりきって、かけだした。

（やだ。なに？　仙人さん、わたしのあとをつけてたってこと？　こわい!!）

にぎやかな大通りを走り、信号をわたって住宅街に入った。

立ちならぶマンションにはさまれた道を、会社帰りのおじさんを追いこし、犬の散歩をするおばさんにぶつかりそうになりながら、必死で走った。

もうすぐ完成の、工事中の大きなマンションの前を通りすぎる。あと少し。この角をまがったら、もう、うちのマンションだ。

そう思ったときだった。黒いトレーニングウエアの男が、角からすっとあらわれた。

その人とぶつかる！　と思った瞬間、ばふっと、口が布のようなものでふさがれた。あっ！　と思ったときには、ぐいっとタオルを口につっこまれて、声が出せなくなった。トレーニングウエアの男は、わたしの体をかかえあげるようにして、工事中のマンションの裏に連れていった。

手足をめちゃくちゃに動かしたが、ランドセルごとがっちりとつかまれて、逃げられなかった。

がらんとした駐車場のコンクリートの床に、どさっと放り投げられた。

「多田みのり。橘小学校五年。駅前の明静塾に、月曜と金曜に通っている。家は三丁目のウエルマンションの二階」

トレーニングウエアの男がマスクをずらして、笑いかけてきた。誠也くんだった。

「きみの友だちは、おしゃべりだね。握手しているあいだに、きみのことをずいぶん教えてもらったよ」

わたしは、口の中のタオルをべっとはきだした。

「きみはとても勉強ができて、頭がいいんだそうだね。わざわざ、念押ししなくてもよさそうだけど、いちおう、いっておこうと思って」
「……なにを？」
ふるえる手でポケットのケータイをさがしたが、見つからない。連れてこられるあいだに、落としたのかもしれない。
「きみの見たことは、この先も、だれにもいわない方がいいってこと」
「……もし、だれかにいったら？」
「なんだって？」
「人気モデルの誠也くんが、ホームレスのおじいさんをひどいめにあわせて、こんなふうにわたしをおどかしたことをいったら、どうするの？　警察につかまるの、誠也くんだよ」
あまりにもこわすぎると、心がしびれたようになって、こわさが感じられなくなるのかもしれない。わたしは、気がついたら、そんなことをいってしまっていた。
すると誠也くんは、目を細めて、わたしの顔をじーっと見つめた。
「きみみたいにかわいい子の顔に、けがなんかさせたくないんだよね。それなのに、きみはどうしてそんなことをいうの？」
「せ、誠也くんのこと大好きな人、いっぱいいるのに。みんな、がっかりするよ！」
「うるさい」
誠也くんの顔から薄笑いが消えた。
かっとひらいた目が、赤く充血していた。
「せっかく忠告してやったのに！　なまいきなことをいったのを後悔させてやる！」
誠也くんのうでが高くふりあがった。なぐられる！　そう思って身をちぢめたときだった。
「やめなさい」
駐車場の天井に声がひびいた。ぴたっと、誠也くんのうでがとまった。
すぐそばに、仙人さんが立っていた。
「なんだ、仙人のじいさんじゃないか。へえ、死んだかと思ってたのに」
誠也くんが、本気でおどろいたようにいった。
「その子をおどかすのは、やめなさい」

「おまえみたいな者が、ぼくに命令か？」
誠也くんが、肩をゆらして笑った。
「それにぼくは、この子をおどかしているんじゃない。よけいなことを人にいわないほうがいいってことを、教えてやってるんだ」
「それなら、わしも教えてやろう。その子からはなれたら、おまえのほしいものをなんでも出してやろう」
ぴくっと、誠也くんのまゆが動いた。
「あんたが？　ははは、仙人だもんな。じゃ、金のなる木でも出してくれよ」
「金がほしいのか？」
「そうだ。一生遊んでくらせるだけの金がほしい。そうしたら、気が向いたときにテレビや雑誌に出て、買いたいものを買って、女の子と楽しく遊べるしね」
「わかった、では出してやろう。と、その前に。好きな果物はなんだ？」
「なにそれ？　なんでここで果物？」
誠也くんが、ぷっと吹き出した。

「好きなフルーツはメロンだけどさ。金のうえにメロンまでくれるの？　さっすが仙人」
「木よ。いでよ。そしてたわわに実れ」
仙人さんが、どんと木の杖で、コンクリートの床を突いた。めりめりめりと、床にひびが入ったかと思うと、ひびのあいだから、あざやかな緑色の芽が出てきた。
わたしは息をのんで、その芽がみるみるのびて葉をしげらせるのを見た。
その植物はどんどんつるをのばした。つるは壁をつたい、すぐに天井までとどいた。
「これはなんだ？」
誠也くんが、つるのあいだから吹き出すように次々と咲く、黄色い花をぽかんとながめながら、きいた。
「わしの術はな、この世にあるものの形でないと、出せないのじゃ。金のなる木は、この世にない。だから、メロンの形をとったのじゃ」
「じゃ、このメロンから金が出てくるとか？」
誠也くんは、話しているあいだにもどんどんふくらんできた、淡い緑色の果実を指さした。
「そういうことじゃ」
「へえ、おもしろいことするじゃん」
誠也くんは、ソフトボールほどの大きさになったメロンの実に手をのばした。
「まだじゃ。果実が十分に大きくなって熟したものでないと、大金にはならないぞ」
「そういうことか！　でっかい実ほど、中から大金が出てくるんだな！」
誠也くんがうれしそうに笑って、あちこちで風船のようにふくらむメロンを見まわした。
「そうじゃ。あせっては損するぞ。じっくり実が大きくなってから、もぎとるといい」
いいながら、仙人さんがわたしに手招きした。
誠也くんは夢中になって、天井からぶらさがる重たげなメロンを見ている。
わたしは床をはって、仙人さんに近づいた。
「メロンはしぜんに二つに割れる。そうしたら、中の実をひと口味わうがいい。それが合図で、中身が……とびでてくるのじゃ」

「よし！　こいつから、とってやる」
誠也くんが、いちばん大きな実をもぎとった。
仙人さんはわたしを引きよせ、小声でいった。
「今すぐ走れ。家じゃなく、あっちの方じゃ」
そういって、大通りの方角を指さした。
「そして、おとなにいうんじゃ。男の人が道にたおれてます、とな。それだけでいい。そのほかのことは、いっさい、だれにもなにもいってはいかん。わかったら、行け！」
仙人さんがわたしの背中をどんと押すのと、すごい悲鳴があがったのと同時だった。
わたしは走りながら、後ろをふりかえった。
誠也くんの鼻から上は、ビーチボールほどもあるメロンの実が、がっちりはさみこんでいた。メロンの割れ目からは、ぎざぎざした真っ黒い歯のようなものが生えていて、それがしっかりと誠也くんの顔にかみついている。
「見るな！　早く行くのじゃ！」
わたしは、目をとじて走った。

誠也くんの悲鳴が長くひびくのを、ふりきるように必死で走った。
わたしは、駅前のコンビニにかけこんだ。
店長さんは、とびこんできたわたしの体を受けとめたひょうしに、メガネがずり落ちてしまった。
「どうしたの？　なにかあったの？」
わたしは泣いた。大声で泣いて泣いて、いくら泣いても涙がとまらなかった。
店長さんはメガネも拾わず、わたしが泣きやむまで、背中をさすっていてくれた。
「そこの……大通りをまがったところで、男の人がたおれてます……」
わたしが、たおれている誠也くんを見つけたことは、街の大ニュースになった。
「誠也くん、かわいそう！　ジョギングの途中で死んじゃうなんて！」
「心臓発作で、突然死なんだってね。握手してもらったときは、あんなに元気だったのに」
ナナオちゃんも亜美ちゃんも、泣いていた。

みんな、くわしいことを知りたがった。
友だちだけでなく、学校の先生や近所の人にも、心配した親戚からも、いろいろいわれたが、わたしはだまっていた。仙人さんにいわれたこと以外、なにもいわなかった。
一度だけ、明るいうちにマンションの駐車場を見に行ったが、なにもなかった。床のひびわれも消えていたし、メロンの葉の一枚も落ちてなかった。
そしてあの日から、仙人さんのすがたも、街で見ることはなかった。

今、わたしは、お母さんとおばあちゃんと三人でくらしている。
あの夜。お父さんと口げんかなどせず、ちゃんとむかえに行っていれば、みのりがあんなこわい目にあわなくてすんだのに、ごめんね、と、お母さんはわたしにあやまった。
そして、もう、お父さんを待ったり、追いかけたりするのをやめて、みのりとのくらしを大事にすると約束してくれた。

そして今日、わたしはひさしぶりに、お父さんと会っている。月に一度、決まった時間だけお父さんと会う、という約束になっているのだ。

お父さんは、おしゃれな服を着て、若い髪型になっていた。それにスマホが鳴ったときにのぞいたら、はでな感じの女の人の写真が画面に出てきた。

お父さんは電話に出なかったが、

「今の、お父さんのカノジョ？」

ときいたら、うれしそうに笑ったし、ちがうとはいわなかった。

（お父さんって、誠也くんと似てるかも）

お金をつかうのが好きで、お母さんとそのことで、よくけんかをしていた。

（お金と、おしゃれと、きれいな女の人が好きなんだったら、誠也くんと同じだよね。それなら、あの「金のなる木」も、出してあげたらよろこぶかも）

仙人さんに会えたら、今度はお父さんに出してもらえないか、頼もうかな……。

そうそう、お父さん、メロンも好きだったし。

（帰り道で、仙人さんをさがそうかな）

そこまで考えたとき、ポケットの中でケータイが鳴った。
見たら、お母さんからのメールだった。
——出るときに、いろいろいってごめんなさい。もしそうしたければ、二時間だけじゃなくて、もっとお父さんとすごしてもかまわないから。夕ごはんをお父さんといっしょにしてもいいわ。みのりの、たった一人のお父さんなんだものね。
わたしは、だまってお父さんの顔を見た。
(お父さんが死んじゃったら、やっぱりお母さん、悲しむだろうな)
「メール、お母さんから？　なんだって？」
「なんでもない。帰る時間を知りたいみたい。夕ごはんの都合があるから」
わたしはケータイをしまった。
「もう帰るね。お父さん、元気でね」
そういって、先にファミレスを出た。
仙人さんをさがすのは、今日のところはやめにして、まっすぐ家に帰ったのだった。

◆作者より

「仙人さん」は、『今昔物語集』第二十八巻第四十「外術を以て瓜を盗み食はれたる語」に出てくる、不思議な老人から思いついた話です。

瓜を京のみやこに運ぶ男たちに、「のどがかわいたので一つわけてくれ」と、杖をついた老人が頼んできます。これはみやこに運ぶ積み荷だからと断ると、老人は「じゃあ自分で瓜をつくって食べるまでだ」といい、種から芽を出させ、どんどん大きくして、りっぱな瓜をたわわに実らせます。

老人がすすめるので、男たちは大喜びしてその瓜を食べますが、あとで積み荷の瓜がなくなっているのに気がつきます。

「しまった。あの年寄りは人間ではなかったのか！　目くらましの術をかけられた！」

あとで、みなでおおいに悔しがったというお話です。

瓜がみるみる育つシーンが大好きなんですが、現代の「こわいお話」に転化すると、瓜も人も、ずいぶん恐ろしくなってしまいました。

マクベスの消(け)しゴム

藤(ふじ)真知子(まちこ)

わたし、ユカ。四年生。

おけいこからの帰り道、クラスの友だちのミキと会った。同じ方角だったので、いっしょに歩いてた。

「ユカは妹がいて、いいね。かわいいでしょ？」

ミキがいった。

わたしの妹はリナ、三歳。

「かわいいときもあるけど、うるさいときもあるの。それに、ママは妹のリナが一番で、いつでも『おねえちゃんだから』って、わたしにがまんさせちゃうし……」

「ええっ、おんなじ。わたしのママは、お兄ちゃんが一番よ。わたしは『女の子だから』っていわれちゃう」

話しながら歩いてたら、いつのまにか公園の前の通りだった。冬の夕方だから、少し暗くなってる。こんな時間に、あんまり通らない道だ。公園のところは暗いから、近道だけど、子どもだけで通っちゃダメとママにいわれてる。

夕方から夜は、たまに占い師がいるが、今もあやしげな女の人が台を出してすわっていた。お客さんはだれもいない。ほんものの魔女みたいに、髪の毛は長くてきたならしくぼさぼさで、黒っぽいダブダブしたしわくちゃの服を着ている。

台の上に水晶玉を置いてて、あれでいろんな運命が見えちゃうのかな。

占いって、興味あるけど、ちょっとこわい。あんな魔女みたいな占い師じゃ、「幸せ」ってことばより、「呪い」ってことばの方をいいそうな気がするもん。

なんかこわくて、そっちを見ないようにして通りすぎようとしたときだ。

「ユカはママの一番」

しわがれた声がした。

ユカは、わたしの名前だ。

えっ、な、なに？　わたし、ドキッとして立ちどまった。だって、「ユカはママの一番」って、わたしが小さいとき、妹のリナが生まれる前に、ママがいってたセリフ。ママはいつも、わたしをだきしめていってた。でも、リナを妊娠してからは、いつのまにか、そんなことをいうことはなくなっていた。

占い師のおばあさんが、わたしのほうを見てニヤッとすると、もう一度いった。

「おめでとう、ユカはママの一番」
「なんでユカの名前を知ってるのよ！」
ミキがびっくりして聞いた。
すると、その気持ちわるい魔女みたいなおばあさんが、ニヒヒと笑った。
「あんたはミキだろ。あんたは、ユカほど幸せになれぬが、ユカより幸せになるよ」
そういって、しわがれた声で笑った。なんだかわけがわからないのに、ぞっとした。
「早く行こうよ」
ミキにせかされて、うなずいたときだ。
「お待ち、忘れものだよ」
声がして、わたしはふりむいた。占い師のおばあさんの目が、心の奥まで見抜きそうにギラギラしてる。
しわがれた手で手招きされると、抵抗できなかった。ふらふらと近寄ると、占い師の魔女がニッと笑って、わたしの手になにかおしつけた。
「あんたは、魔法を持っていくのを忘れてたよ。これは『マクベスの消しゴム』。消

fly

したい者の名前を書いて、これで消せば、その人はみんなの記憶から消えてしまうよ。最初からいないことになる。そして、おまえは一番になれる」

わたしの耳もとで老婆がいった。わたしは、ドキドキしていた。

こわくてたまらなかった。でも、その手におしつけられたなにか——おばあさんのいう魔法のマクベス消しゴム——をつっ返すことなんて、できなかった。

「ユカ、早く行こうよ」

ミキがわたしの腕をひっぱったので、わたしもうなずいた。

少し歩くと、ミキがいった。

「もう！　ユカったら、あんなへんなおばあさんと話して、信じらんない！」

「ん、ごめんね。でも、あの人、なんでわたしの名前まで知ってたのかしら？」

「きっと、わたしたちの会話を聞いてたのよ。ねえ、ユカになにをいったの？」

「よくわからなかった……」

わたしはごまかしてしまった。左手ににぎった魔法の消しゴムが、ぐんと重くなった気がした。

ミキとわかれても、わたしは消しゴムをにぎったままだったし、こわくて手をひろげてみることができなかった。手をひらいたとたん、魔法の黒い煙がとびだして、呪いがかかってしまいそうな気がして、こわかったのだ。

「おねえちゃん、おかえり」

うちに帰ると、リナがうれしそうによってきた。

「うん。ただいま」

いいながらも、うわの空だった。ちょっとうしろめたい気分で、部屋に入って手をひらいた。

魔法の消しゴムは真っ黒だった。つややかで黒々としている。

ほんとに人を消せるのかしら？　そんなものがあるわけないわよね。

わたしは、そっととりだして見つめた。

こんなあやしいものを受けとってしまったなんて、やましい気分。

「おねえちゃん、ママがおやつだって！」

リナが来て、わたしはあわてて消しゴムを引き出しの奥深くに入れた。魔法なんかうそだとしても、つかわないから。

「来週のユカの授業参観なんだけど、リナの幼稚園のお手伝いとかさなっちゃったの。ユカ、行けないけど、ごめんね」

ママが手作りのチーズケーキを出しながら、いった。

「そんな！　この前の生活発表会も来なかったじゃない！」

「しかたないでしょ。急にリナが熱を出したんですもの。ね。次はきっと行くからね」

わたし、すごくおもしろくない。涙が出ちゃいそう。いっつも「リナ、リナ」って、信じられない。くやしくてリナをにらんだとき、思わずさけんだ。

「あーっ、リナが遊んでるの、わたしのハンカチ！　リナ！　返してよ！」

わたしが強引にとりあげたら、リナが泣きだした。

「ほら。よだれがついてる！　リナがいじったからよ！」

「いいじゃない。ユカはおねえちゃんなんだし。貸してあげてよ。あとでお洗濯するから」

ママがいって、わたし、頭にきた。

「だって、友だちとおそろいなのに！」

リナ、最低！　リナがぎゃあぎゃあ泣いた。もう！　うるさいんだから！

わたし、部屋にもどって、ドアをバタンとしめた。

リナのせいで、ママは授業参観に来ない。リナのせいで、わたしは怒られる。

リナなんか、消えちゃえばいいんだわ。

すごく頭にきて、紙に、リナの名前を書いた。

「北原リナ」

そして、あの消しゴムを引き出しの奥からとりだした。

リナなんて消えちゃえ！

そう思いながら、リナの名前を消してみた。ちょっとすっきり。

うん。これってストレス解消になるかも。

そう思ったとき、わたし、ハッとした。

しーん。
うちが、急に静かになっていたのだ。
さっきまでリナが泣いていたのに。リナのしゃべる声もしない。
ドキン！
まさか、まさか、本当に消えちゃったの？
「リナ！」
わたし、心配でたまらなくなって、部屋をとびだした。
「あら、ユカ、どうしたの？」
ママが、きょとんとしてきいた。
「リナは？」
「リナ？　リナちゃんって？　お友だち？」
「ええっ！　わたしの妹よ。」
「なにいってるの？　ユカは一人っ子よ。妹なんていないじゃないの。夢でも見たの？」

郵便はがき

料金受取人払郵便

牛込局承認

8554

差出有効期間
2018年11月30日
（期間後は切手をおはりください。）

162-8790

東京都新宿区市谷砂土原町 3-5

偕成社 愛読者係 行

ご住所	〒 □□□－□□□□ 都・府・	
	フリガナ	
お名前	フリガナ	お電話
ご希望の方には、小社の目録をお送りします。 ［希望する・希望しない］		

本のご注文はこちらのはがきをご利用ください

ご注文の本は、宅急便により、代金引換にて１週間前後でお手元にお届けいたしま
本の配達時に、【合計定価（税込）＋代引手数料 300 円＋送料（合計定価 1500 円
上は無料、1500 円未満は 300 円）】を現金でお支払いください。

書名		本体価	円	冊数	
書名		本体価	円	冊数	
書名		本体価	円	冊数	

偕成社 TEL 03-3260-3221 ／ FAX 03-3260-3222 ／ E-mail sales@kaiseisha.co.jp

＊ご記入いただいた個人情報は、お問い合わせへのお返事、ご注文品の発送、目録の送付、新刊・企
どのご案内以外の目的には使用いたしません。

★ ご愛読ありがとうございます ★

今後の出版の参考のため、皆さまのご意見・ご感想をお聞かせください。

の本の書名『　　』

年齢（読者がお子さまの場合はお子さまの年齢）　　歳（ 男 ・ 女 ）

の本のことは、何でお知りになりましたか？

店　2. 広告　3. 書評・記事　4. 人の紹介　5. 図書室・図書館　6. カタログ

ェブサイト　8. SNS　9. その他（　　）

感想・ご意見・作者へのメッセージなど。

記入のご感想を、匿名で書籍の PR やウェブサイトの想欄などに使用させていただいてもよろしいですか？　（ はい ・ いいえ ）

＊ ご協力ありがとうございました ＊

偕成社ホームページ　http://www.kaiseisha.co.jp/　Facebook もやっています！

ママは、あたりまえのようにいった。
まさか、ほんとにリナがいなくなっちゃったの？
うそ！　うそ！
でも、となりの部屋を見ても、リナのベッドもないし、おもちゃもない。
クローゼットにリナの洋服もなければ、玄関にリナのくつもない。
いつもリナのものが家じゅうにちらかってるのに、どこにもない……。
わーん、どうしよう！
どこをさがしても、リナはいない。ううん。リナのものは、なにひとつない。
うそだよね。消しゴムでリナの名前を消しただけで、本当にリナはいなくなっちゃったの？　リナの生きてたことまで消えちゃうの？　ママの記憶からも？
部屋にもどると、机の上で、消しゴムがぶきみに光っている。
本当の魔法なの？
真っ黒い夜の闇のように、リナをのみこんじゃったなんて……。
リナがいないなんて、わたしのうちじゃない！

どうやったら、もとにもどるの？
あの占い師は、本当の魔女なの？　だったら聞いてみなきゃ。もとにもどす方法を。
「ママ、ごめん。ちょっと行ってくる」
「どこ行くの？　もうすぐごはんよ」
「公園」
「だめよ。もう暗いし、あぶないわ」
ママがいったけど、そんなの聞いてられない。わたし、いそいで公園にかけだした。
でも、いない。あの占い師の魔女はいなかった。
それなのに、わたしの頭の中で、しわがれた声だけがはっきりと聞こえた。
「おめでとう、ユカはママの一番！」
ああ！　しゃがみこんだわたしの頭の上から、ママの声がした。
「ユカ、どうしたの？　だいじょうぶ？」
ママだ。ママがわたしを追いかけてきたのだった。
「こんな夕方に一人で行ったら、あぶないわ。ママのだいじな娘だもの」

ママがいって、わたしをだきしめた。リナが生まれる前みたいに。
「おめでとう、ユカはママの一番！」
あの老婆の声が、また、わたしの頭の中でこだました。

夜ごはんのときも、リナはいない。
ママがテレビをつけた。あっ、わたしの大好きな番組。それなのに、なかなか見られなかったのは、この時間、リナが幼稚な番組を見たがっていたから。
CMのとき、ママがいった。
「明日の土曜日、パパはゴルフだから、ショッピングモールに行きましょう。すてきなカフェができたんですってよ」
ほんとに？　ひさしぶり！
リナが生まれる前までは、よくママといっしょにおでかけしてた。でも、リナが生まれてから、ママはぜんぜんおしゃれな店に行かなくなって、いっつも、つかれるっていってた。

リナがいなければ、ママもテレビもひとりじめできたのよね。
わたし、ちょっとうれしくなった。
わたしはママの一番？
聞かなくても、自信もてちゃいそう。

その夜、夢を見た。リナが真っ黒い闇の中にいて、泣いてた。
「リナ！」
さけんで、わたし、自分の声で目をさました。ドキドキしてる。
リナはどこにいるの？　でも、いくらさがしても家にはいなかった。
「おねえちゃん、おねえちゃん」といって、いつもわたしのあとをくっついてきてたリナ。わたしのまねばっかりしてたけど、わたしのことが好きだったからよね。
それなのに、じゃまにして、ごめんね。
あんないい子なんていなかったのに。リナみたいなかわいい子が、いなくなっちゃうなんて……。

なんてことをしちゃったんだろう。
リナのことを考えてると、ねむれなくなる。
そのとき、闇の中でギラリとかがやく黒い光に気がついた。机の上の消しゴムだ。それだけではない。あの消しゴムをつかったわたしの右手までが、真っ黒に光って見えた。まさか、黒い消しゴムの色がうつっちゃったの？
わたし、こわくて起きだすと、洗面所に行って手をごしごし洗った。

それでも、しだいにリナのいない生活になれてきた。
ときどき、リナのことを思い出すと苦しくなる。そのときは、消しゴムを持ってた右手が黒ずんで光って見える。あの消しゴムのかすが、こびりついてる気がする。そのたびに、こわくて、ごしごし手を洗ってしまう。
けれど、リナを思い出す時間もだんだんへってきた。
授業参観日にも、もちろんママは来てくれた。
リナのことさえ忘れれば、幸せになれるのかもしれない。

でも、いつもリナのことを思い出させる者がいる。ミキ。占い師の魔女に魔法の消しゴムをもらったとき、いっしょだった子。

ほかの友だちは、リナとも遊んでたわたしの親友だって、リナの記憶が消えて、わたしが最初から一人っ子だったと思ってるのに、ミキだけはちがう。

「ユカは『ママの一番』になったわね。魔女のいったとおりね。妹になにをしたの？」

ある日、ミキがいった。みんなが兄弟の話をしてるときだった。

わたし、体じゅうが青ざめた。

ミキだけは、記憶から消えてないんだ……！

ミキひとりだけ、魔法にかかってない。どうして？　あのとき、いっしょだったから？　それとも、わたしが魔女から消しゴムをもらったとき、ミキもなにかもらったのかしら？

わたし、ドキッとして、思わずふるえた。

それからも、ミキと目が合うたびに、非難されてる気がしてびくびくする。

「ユカ、あんた、なにかやって、妹のリナのことを消したでしょ！　そうやって『ママの一番』になったんじゃないの？」

でも、わざとじゃないの。ほんとの魔法だって知らなかったから。

でも、そういったら、問いつめられそうな気がするの。

「百パーセント、そういえるの？　心のどこかで、少なくとも〇・一パーセントは信じてたんじゃないの？」って。

ミキのことを消してしまおう！　わたしは、おそろしいことを思いついた。

今回は、魔法だと、本当に消えると知っててつかうのだ。なんてこわいんだろう。

わたしはミキの名前を書くと、消しゴムで消そうとした。すると、どうして！　消えないのだ。なんで？　ミキは、あの魔女に出会ったときにいっしょにいたからなの？

わたしの心に黒い影がさした。

ミキは毎日、兄弟のことばかり話す。イヤミったらしく。

そのたびに、わたしはつらくなる。でも、わたしはいいことを思いついた。

ミキのおにいちゃんを消したら、もうミキも兄弟のことを話さないだろう。

わたしはミキのおにいちゃんの名前をしらべて、紙に書くと、消しゴムで消してしまった。

真っ黒い消しゴムが、まるでブラックホールになったようだった。ミキのおにいちゃんの名前をのみこむようにして、消した。

消しゴムはかすが出ない。そのかわりに、持ってたわたしの右手が真っ黒になった気がする。

わたしは石けんをつけて、ごしごし洗った。

洗っても洗っても、消しゴムのかすがわたしの手の中にすいこまれてしまった気がする。

翌日、学校の洗面所でわたしが手を洗ってると、ふいにうしろで声がした。

「七つの海の水、すべてで洗っても、おまえの手にしみついたものは落とせぬ」

ドキッとしてふりむくと、ミキが能面のような顔をして立っていた。

「『マクベス』ってお話、知ってる？」

マクベス……聞いたことある。あっ！　あの黒い消しゴムをくれたとき、魔女が『マクベスの消しゴム』といってたのだ……！

でも、わたしは、お話だということも知らなかった。首を横にふった。

「マクベスっていう将軍が、魔女に『王になる』って予言されるの。そのために、王を殺して自分が王になるの。でも、王を剣で刺し殺したときに手についた血は、七つの海、世界じゅうの海の水をつかっても洗い落とせないと思ってしまうの。だから、ごしごしと手を洗いつづけるの」

わたしは背すじがぞっとした。「それでどうなるの？」とは聞けなかった。「なんで、わたしにそんな話をするの？」とも聞けなかった。

わたしの手が真っ黒に見える。わたしは、右手の内側を見せないようにした。

「ユカ、どうして、いつも右手をにぎってるの？」

友だちに聞かれることがある。

「くせよ」

わざと明るくいうけど、こわくて、それ以上いえない。
そのうち、いいだす子がいた。
「ユカって、手ばっかり洗ってて、おかしいんじゃない？」
「潔癖ノイローゼね」
そんな意地悪をいう子も、わたしは名前を書いては黒い消しゴムにのみこませた。
真っ黒い消しゴムは、名前といっしょに、その子がいたことも、みんなの記憶からなにもかもをのみこむようにして消していく。
もう、もとにはもどれない。
わたしの心の中には、あの黒い消しゴムのかすがいっぱいたまっている。まるで、わたしがブラックホールになってしまったみたいだ。
それに、夢の中では毎日、リナが出てきて泣いている。わたしはあんまり眠れないから、ぼーっとしてることが多くなった。
そのせいかもしれない。

わたしは気がつくと、おけいこの帰り道、公園の前の道を歩いていた。目の前に、占い師の魔女が台の前にすわっていた。あのときみたいに、ニヤッとした。

わたしは、ぎくっとして立ちどまった。

「どうなるの？　わたしは」

思わず聞いてしまった。

「そんなことは知る必要はない。それよりも、楽しみなさい。今のおまえは『ママの一番』なのだから。それを楽しめばいいのじゃ」

老婆はいうと、ニヒヒと笑った。

でも、わたしは楽しむどころか、こわくてたまらないのだ。

ママもパパも、わたしが手を洗いすぎることを心配してる。

それからときどき、「リナが！」ということも。

ママもパパも前より笑わない気がする。リナがいるときは、もっとにぎやかだった。

だから、わたしは心配なのだ。ほんとうに、わたしはママの一番なのか。

それどころか、ママは、わたしがいない方がいいと思ってるのかもしれない。

ママが友だちとの約束で、わたしのことをあとまわしにするときも、こわくてたまらない。

「ねえ、ママ、その人の名前、教えて」

そういっては、ノートに書いて黒い消しゴムをとりだす。その名前は、消しゴムがのみこんでいった。

わたしは「ママの一番」でいるために、いろんなものをうばっていかなければならないのだ。

夢の中に毎日出てきたリナが、昼間も出てくるようになった。

リナの泣き声が、四六時中、聞こえる。

でも、ママにもパパにも聞こえないし、見えないみたいだ。わたしには、はっきり見えるし、聞こえるのに。

「おねえちゃん、こわいよお！」

ほら、今もリナが、おびえて泣いてる。

リナをたすけられるのは、わたししかいないのだ。
わたしも、リナのところへ行ってあげなきゃ。
それだけを思うようになった。
「リナ、待ってて。今、おねえちゃん、行ってあげるからね」
わたしは自分の名前、「北原ユカ」を紙に書いた。
そして、消しゴムで消しはじめた。
黒い消しゴムが、わたしの名前をのみこんでいく。
最後の文字が消えた瞬間、わたしがこの世にいたことを覚えてる人は、だれもいなくなる。
覚えてるのは、ミキと、あの老婆だけだ……。
ママ、パパ、ありがとう。
「リナ、リナはわたしの一番だよ」
そういって、わたし、真っ暗闇の中で、リナをだきしめてあげるからね。
わたしは最後の「カ」の字を消した。

◆作者より

「マクベス」の物語は、作者のシェイクスピアが亡くなってから四百年がたつ今でも、世界じゅうで毎年、数えきれないほど何度も舞台化・映画化されています。

マクベスは勇敢な将軍ですが、荒れ地で魔女に会うと、王位につくという予言をされます。その話を聞き、野心家のマクベス夫人は、「あなたは本当は王になりたいのだ」とそそのかします。マクベスはおじけづきながらも王を暗殺して、新しい王となります。マクベスは、ずるがしこい男ではありませんでした。でも、予言され、愛する夫人の望みをかなえるためにしたことで、罪の意識から幻を見、そそのかしたマクベス夫人も罪の意識から夢遊病になって……。

予言は人の心を狂わすこともあるのです。それに翻弄された人間の悲劇の物語ですが、シェイクスピアの「マクベス」は壮大で、ぜひ読んでほしい作品です。

さよならピアノ

吉野万理子（よしのまりこ）

「鉄也、今日まだピアノの練習してないでしょ。早くやりなさい」
お母さんにおこられて、鉄也はため息をついた。晩ごはんを食べおわったらゲームをやろうと思っていたのに。毎日、ピアノに時間をとられるせいで、ちっともすすまない。
ため息が聞こえてしまったみたいで、お母さんは鉄也の前に立って、うで組みをした。目が三角にとがっている。
「ピアノを習いたい、っていいだしたのは鉄也なんだからね！　そのために、わざわざピアノを買ったんだから」
「うん」
「約束は忘れてないよね。守りなさいよ！」
「わかってる……」
鉄也は弱々しく返事をした。
『どんなことがあっても、小学校卒業まではピアノをつづける』
それが、買ってもらうときの約束だったのだ。

しぶしぶ、鉄也はピアノの前にすわった。今習っているのは、『楽しいピアノ』という本の〈作品18〉だ。楽譜をひろげて、鉄也はもう一度ため息をついた。

ピアノ教室に通いたい、と鉄也がおねがいしたのは、去年のこと。四年生の九月だった。同じクラスで、前からいいなと思っていた光香と、となりの席になれたのがきっかけだ。

光香は口数が少なくて、いつもにこにこしながら友だちの話を聞いて、小さな声でわらってるような、おとなしい子だった。

せっかくとなりになったのに、話すチャンスがない。どうやったら、しゃべれるだろう。考えて考えて、鉄也はひらめいた。

そうだ、ピアノだ！

光香は五歳のときから、ピアノのレッスンを受けている。学年でいちばんじょうずで、お楽しみ会の合唱のときも、もちろん伴奏をした。

一方、鉄也は楽器なんて、音楽の授業で習うリコーダーしかやったことがない。

もし、ピアノをはじめたら……。いろんな質問を光香にできるのではないだろうか。指をなめらかに動かすにはどうしたらいいの、とか、この曲がうまくひけないんだけど、コツを教えて、とか。

鉄也はお母さんに、「ピアノを習いたい」と必死にたのんだ。もちろん、理由はないしょで。お母さんはびっくりしつつも、よろこんでくれた。

「楽器をやるのはいいことね。じゃあ約束よ。せっかくピアノを買うんだから、どんなことがあっても、卒業まではつづけること」

「もちろん！」

力強く、鉄也は何度もうなずいた。

習うことになった先生は、光香の先生とはべつの人だったが、それはかまわなかった。

初めて習いに行った次の日、鉄也がつくえの上で、鍵盤をひくみたいに指を動かしていたら、

「わあ、ピアノやってるの？」

なんと、光香から話しかけてくれたのだ！

ピアノについて、一日一度は光香としゃべるようになって、鉄也は楽しくて楽しくて、毎日一時間は練習していた。このままずっと、楽しい日々がつづくと思っていたのに……。

今年の二月、光香は、東京のおばあさんの家へ引っ越してしまった。

東京には、ピアニストのたまごの通う学校があって、光香はそこをめざすために、有名な先生に習って、もっとけいこをするんだという。

はぁ……。光香と話すことができないんだったら、ピアノをやる意味ってなんだろう。鉄也は考えこんでしまった。

レッスンは毎週火曜日だ。

バスで駅まで出て、商店街をぬけて川べりの道を五分ほど歩くと、先生の家がある。

流れる水面を見ながら鉄也が歩いていると、

「おい、なんできのうは協力しなかった？」

という声が、背後からひびいてきた。
鉄也は、ハッとふりむいた。
そこには祐介と、子分みたいにいつもくっついてる達明と周が立っていた。
この三人は、先週の組替えで新しく同じ五年二組になった男子だ。鉄也と同じゲームをやってることがわかって、敵と戦うために、いっしょにオンライン上で連盟を組むことになったのだった。でも、鉄也はピアノのために、あまりゲームができないので、きのうはみんなと同じ時間に参加できなかった。
「ごめん、ピアノの練習があって。今日も、これからピアノ」
そう鉄也がいうと、祐介はフンと笑った。
「やめちまえよ。ピアノなんて、女みたい」
「え」
「あんなの、女がやる楽器だよ」
前のクラスでは、ピアノを習いはじめたことをからかう男子はいなかった。でも、祐介は「ピアノ＝女子が習うもの」と思ってるみたいだった。たしかに、うちの学年

でピアノを習っている男子は、鉄也しかいない。低学年のころは数人いたのだが、高学年になる前に、みんなやめてしまっていた。

「とにかく今日は、連盟に参加しろよ」

祐介がいうので、鉄也はうなずいた。

「わかった」

自分だって、ゲームをもっとやりたいんだ。どうすればピアノをやめられるだろう？　けど、お母さんがかんたんにゆるしてくれるわけはない。鉄也の頭のなかを、いろんな考えがくるくるまわる。

ピアノの先生の家が見えてきた。門のところに、植木鉢がいくつもならんでいて、赤やむらさきの花をさかせている。

「いらっしゃい。ちゃんとおうちで、おけいこしてきたかしら」

高橋先生は六十歳で、かみの毛は真っ白。やさしい女の人だ。体は細くて、冬になると川辺をうろうろしているアオサギという鳥に、ちょっぴりにている。

練習がおわると、先生はいった。

「〈作品18〉は、あと少しスピードを上げてひけるように、来週もやりましょう。で、つづけて次の課題曲、〈作品19〉もはじめようね」

もうイヤだ、と鉄也は悲鳴をあげたくなって、思わず口走った。

「すいません、先生。できません」

「あら、どうして」

「だ、だって……うちのピアノ、こわれちゃったから！」

出まかせをいってしまう。

「まあ、ピアノが。どんなふうにこわれたの」

「え、えっと……鍵盤がこわれちゃって。たくさんの鍵盤が、下におりたまま、なんでかわかんないけど、上がらなくなっちゃって」

鍵盤は指でおすと下がり、指をはなすと上がる。それが、下がりっぱなしで上がらないから、音が出ないのだ、と鉄也はけんめいに説明した。

「あらまあ……なんてこと。めったに聞いたことのない故障だけど……きっと、湿気が多い部屋で、鍵盤の調子がおかしくなったのね」

「そう！　そうなんです」
だまされてくれた！　と鉄也はガッツポーズしたいのをガマンした。
「じゃあ、直るまでお休みね。調律師さんが直してくれたら、またお教室いらっしゃいね」
「はい！」
やった。こんなにうまくいくなんて。あとは、お母さんにどう説明するか……。帰ってからゆっくり考えよう。
鉄也は先生の家を出てから、思いきり走りだした。ゲームをやりまくる自分を想像しながら、にぎやかな商店街を通りすぎ、バスに乗って家へ帰った。
げんかんのドアをあけて、
「ただいまー」
といった瞬間だった。ドスドスと足音をたてて、お母さんが出てきた。
「鉄也！　どういうこと！」
料理のとちゅうだったのか、左手にキャベツを持ったままだ。

「え……なにが？」
「今、高橋先生からお電話あったばっかり。うちのピアノがこわれたとか、意味わからないことをいったらしいじゃないの」
「あ……」
先生がお母さんに確認の電話をする。考えてみたら、十分ありうることだった。あせっていて、そこまで気がまわらなかった。
「なんで先生をだますの。どうして、そんなうそをつくの！」
いいのがれをしなくては。鉄也は、算数のテストのときの十倍くらい、頭をフル回転させた。
「だ、だって、今日はエイプリルフールだよね？」
「え」
お母さんが、ぽかんと口をあけた。
「だから、先生にじょうだんをいったんだよ。エイプリルフールって、うそをいってもいいんだよね？」

急に、お母さんが笑顔になった。
「もう、鉄也ったら。エイプリルフールはね、四月一日なの。今日は四月十一日。にてるけど、十日ずれてるよ」
「あ……まちがえた」
鉄也は頭をぽりぽりとかくまねをしながら、ほうっと息をはいた。うまくいった。だませた。もちろん、エイプリルフールが本当は何日か、ちゃんと知っている。
「じゃあ、先生に電話して今からあやまっておくから、来週レッスン行ったら、鉄也もあやまるのよ。おどかしてごめんなさいって」
そうお説教しながらも、お母さんは笑っている。
「ただいま」
うしろから入ってきたのは、お父さんだった。ちょうど仕事から帰ってきたところだ。
「おかえりなさい。今ね、ちょっとおもしろいことがあったの。鉄也ったらね、日にちをまちがえてて――」

お母さんが、さっそくお父さんに話しはじめる。お父さんはネクタイをはずしながら、楽しそうに話を聞いている。

よかった、と鉄也はほっとしていた。お父さんはおこるとこわいので、うまく言いわけができたあとで帰ってきてくれて、たすかった。

「お父さん、船はどのくらいできた？」

話を変えようと思いついて、鉄也は質問した。お父さんは、造船所で船を建設する仕事をしているのだ。今は、ほかの国から注文を受けて、巨大なタンカーを造っている。

「おう、だいぶできあがってきたぞ。完成したら、鉄也も見に来いよ」

「うん！」

一件落着。そう思いながら、くつをぬぎかけて、鉄也は気づいた。いや、ちがう。なにも解決してなかった。ピアノをやめる方法、新たに考えなくては。

次の日も、鉄也は学校で祐介たちにおこられた。

「おまえ、きのうもゲームに参加しなかったろ。おれらと連盟組むの、イヤなんだろ」
「そんなことないって」
「ピアノやってたのかよ」
「うん、まあ」
結局、きのうは、いつもどおり練習しなくてはならなかったのだ。
「じゃあ、おまえはもう連盟からはずそうかな」
「いや、待ってよ。ピアノやめるつもりだし」
鉄也がいうと、祐介は手をたたいてよろこんだ。
「だよな！　ピアノなんてやめちまえ。で、もっともっとゲームやろうぜ。次のステージって、おれらの学年でクリアしたやつ、まだいないらしいから一番乗りしようよ」
「うん」
強くさそわれすぎると、ゲームがあまり楽しいものに思えなくなってくる。でも、佑介たちから仲間はずれにされるのはこまる。

ピアノをやめる方法、やめる方法……。鉄也は算数の授業中も、社会の授業中も、ずっとずっと考えつづけた。

そして思いついた。よし、今度は〝ぎゃく〟のことをためしてみよう。先生にいうのではなく、お母さんにいってみるのだ。

家に帰った鉄也はどきどきしながら、作戦を決行した。バンと勢いよくげんかんのドアをあけて、くつをぬぎすて、ろうかを走って居間へかけこんだ。

「おかえり。どうしたの、そんなあわてて」

お母さんはスーパーから帰ってきたばかりらしく、ビニール袋からニンジンや鶏肉をとりだして、冷蔵庫にしまっている。

「ピアノの先生が！　大変なんだって！」

「え、高橋先生、どうかしたの？」

「骨折して、入院したらしい。クラスの女子がいってたんだ」

おどろきすぎて、お母さんは冷蔵庫のとびらをしめるのを忘れてしまっている。

「まあ、どこの骨を」

えーと、どこにしよう……。とっさに鉄也は答えた。
「足だって。家でころんだんだって」
「それは、おきのどくに」
「先生、今ひとりぐらしだから、入院してだれもいないから、家に電話してもムダらしいよ」
ここは、鉄也が思いついた重要なポイントだ。たしかめるために電話されてしまうと、先生がぶじだとすぐにバレてしまう。だから、連絡しないように、先手をうっておいた。
これで、うそは当分ばれないはず。鉄也は安心して、二階にある自分の部屋へランドセルを置きに行った。レッスンを受けられないんだから、しばらくピアノは休むとお母さんにいおう。そうしたら、今夜はゲームがたっぷりできそうだ。というか、今からやっちゃおう。
鉄也はゲームをはじめて、連盟に参加した。祐介がちょうどやっていて、「おう、鉄也来たか！」とよろこんで、メッセージをくれた。

ゲームにむちゅうになっているうち、いつの間にか日がくれかかっている。
「ちょっと！　鉄也、おりてきなさい！」
お母さんのどなり声が、階段の下から聞こえてきた。
イヤな予感がする。鉄也はいそいで居間へ行った。
「どうしたの？」
なにげないふりをしたけれど、お母さんはほっぺたを赤くしておこっていた。
「鉄也、さっきのうそはなんなの？」
「え、なに」
「今、立花さんちに連絡したの。高橋先生になにかお見舞い、ごいっしょしようと思って。そしたらお子さん、今日、ピアノのレッスン、ふつうに受けて帰ってきたっておっしゃるじゃないの！」
しまった。立花悦子は、幼稚園のときの同級生で、同じピアノ教室に通っている。べつの小学校に行ったけど、お母さんどうし、今でも仲がいいのだった。そのルートでバレてしまうとは、考えつかなかった。

「今日はエイプリルフールじゃないわよ！　どうして、そんなうそつくの！」
「えっと……」
鉄也は全力で頭をぐるぐるぐるぐる動かして、口をひらいた。
「まちがえた！　たぶん、べつの高橋先生のうわさを聞いたんだ」
「べつの高橋先生？」
「『高橋先生が骨折した』っていった子は、習字を習ってるんだ。その先生が高橋って名前だったのを、おれ、自分の先生かとまちがえちゃって」
苦しいか？　こんな言いわけ、ムリか？　鉄也は、手のひらに汗がうかんできたことに気づいた。しかし、お母さんの顔は、ふっとやわらかくなって、笑みがうかんだ。
「ああ、そういうことね！　よかったー。まあ、そんなかんちがいなら、よくあるよね」
「あ、う、うん」
「よかった。いや、よかった、っていうと、その習字の先生には申しわけないけど。とにかくピアノの先生はね、お年を召されてるから、おけがなさったら大変だもの」

お母さんは、鍋をとりだして料理をはじめた。
ほう……よかった。そう思うと同時に、また鉄也はうめき声をあげたくなった。いったいどうしたら、ピアノをやめられるんだ！　今度の火曜日までには、絶対考えなくては。

レッスン当日。また、川べりで祐介が待ちかまえていた。
「おまえ、きのう、敵がおそいかかってきたとこで、なんで急にいなくなったんだよ。バカ！」
お母さんに、「ゲームはやめて、ピアノを今すぐやりなさい」とおこられたせいだ。
「まだピアノやってんのかよ。やめちまえよ」
「わかってるって」
だれよりも今、ピアノをやめたいのは自分だ。そう思いながら鉄也は、高橋先生の家へとぼとぼと入っていった。
「あら、元気ないわね」

先生が心配そうに声をかけてくれたとき、鉄也は、とっさにひらめいた。
「じつは、うちのお父さんの会社で事故があって、会社がヤバいかもしれなくて、えっとそれで、ピアノどころじゃないって、お母さんが」
「まあ、そうなの？」
先生は両手を胸にあてて、泣きそうな顔をしている。ごめん先生、と心のなかであやまりながら、鉄也はつづけた。
「それで、しばらくピアノは休みたいんです」
「もちろんよ。家のことがいちばん大事。おちついたら、またいらっしゃい」
「で、このこと、だれにもいわないでほしいんです」
「だれにも？」
「うちの親は、すんごく落ちこんでるし、まわりの人にも、できるだけ知られたくないって」
「ああ、もちろんよ。ほかの方に口外したりしないから、安心して。お宅にも電話はしませんから」

はーっ、やった。ついにやりきった。鉄也は、レッスンせずにそのまま先生の家を出てから、高くジャンプした。これで、ぶじにピアノをやめられそうだ。

帰り道、川べりには、もう祐介たちはいなかった。駅前の商店街まで来ると、いつになくにぎやかだ。なにか音楽が聞こえる。

「あれ、なんだろ」

ギターとベースとキーボード。大学生くらいの男の人たち三人組が、演奏しながら歌っている。それがとても上手で、みんながぐるっとかこんで聞いているのだった。

「カッコいい……」

鉄也がくぎづけになったのは、キーボードの人だ。鍵盤の上を、指が自在に動きまわる。鉄也のすぐ前にいた女の人が、となりの友だちらしき人にささやいている。

「あのカレ、ピアノやってたのかしら。男性でピアノできるってステキよね」

そうか、そうだったのか！　鉄也は初めて知った。

小学生のとき、ピアノを習ってる男子は少なくて、ちょっぴりカッコわるいと思われることもある。けれど、がんばってつづけて、おとなになると、それはカッコいいものに変わるんだ！　だったら、今ゲームをやる時間がへっても、それでピアノをやめるのは、もったいないんじゃないか？

そうだ、いつかあの男の人みたいに、自分もバンドを組んでキーボードを演奏したらどうだろう。バンドが有名になったら、光香が気づいてくれる。そのころ、きっと光香は日本を代表するピアニストになっていて、ふたりでピアノの話がまたいっぱいできるのではないか⁉

よし、がんばろう。うまくなるために、練習時間をふやそう。佑介たちに仲間はずれにされたっていいじゃないか。将来、いいことがあるんだから。

演奏を最後まで聞きおえてから家に帰った鉄也は、先に洗面所で手を洗って居間へ入っていった。すぐにピアノの練習をはじめるつもりだ。

「ただいま」

しかし、返事はなかった。お母さんは電話の最中だった。お茶の入った湯のみを持ったまま、とても深刻そうな顔をしている。

やがて受話器を置いたお母さんは、いそいでパソコンのスイッチを入れた。

「どうしたの？」
鉄也の問いかけにお母さんが答える前に、パソコンの画面上で動画ニュースが流れはじめた。
「あ……」
火事で、タンカーの一部が燃えあがっている。お父さんの造船所の名前を、アナウンサーが読みあげていた。
「お父さんの会社で事故があってね。これから大変かも」
「え？　大変って……？」
お母さんは歩きだし、あっ、ところびかけた。持っていた湯のみからお茶がバシャッと飛び散って、ピアノが水びたしになった。なのに、お母さんはうわの空で、
「あら、ごめんなさい。あとでふくわね。ごはんつくらなきゃ」
といって、そのまま台所にもどっていく。
「ちょっと！　ピアノは、ぬれるとよくないんだよ。ふかないと」
あわててピアノのふたをあけた鉄也は、目を見ひらいた。鍵盤がすべて、指でおし

た状態と同じように下がったままになっている。こわれてしまったのだ。
「な、なんで……」
お茶がかかったって、鍵盤が下がりっぱなしになることはないはずだ。そもそも、お茶の量だって、そう多くはなかった。なのに、なぜ？
「お母さん、調律師の人に電話して。あした、すぐ直してほしいって」
鉄也がたのむと、お母さんはエプロンで手をふきながら、台所から顔を出した。
「鉄也、おねがいがあるの」
「ん？」
「ピアノをしばらく、お休みしてもらえないかしら。なんなら、やめてもいいの」
「え、なんで、そんな——」
「本当は、あきてたんでしょ？　だから、やめるのは鉄也にとっても好都合でしょ？」
「いや、えっと、でも」
「お父さんの会社は、きっと夏のボーナスが出なくなる。そうすると、やりくりが大変なの。お給料もへるかも。だから、うん、節約節約。ピアノどころじゃないの」

「え……でも」

ピアノをつづけるって、決めたところだったのに。鉄也は、鍵盤についている水滴をいっしょうけんめいティッシュでふきとった。けれど、鍵盤は下がったまま、どうしても動かなかった。

次の日、学校から帰って、鉄也は高橋先生の家へ向かった。レッスンはないけれど、話をしたくて。お金がなくても、ピアノをつづけることができるか、相談したくて。

川沿いの道を通って家のそばまで行くと、赤いランプがぐるぐるまわっている。

救急車だ！

近所の人たちが、門のなかを見つめながら、心配そうに会話している。

「家のなかでころんだんですって」

「まあ、痛そう」

ま、まさか……。自分が前についたうそ、全部、現実になってる？

鉄也は、つばをごくっと飲んだ。

先生の細い体が、たんかで運ばれてくる。救急隊員がはげます。
「高橋さん、だいじょうぶですよ。左足首、骨折してますけど、すぐ痛みをとりますから」
目をとじたまま、高橋先生は顔をしかめてうなずく。鉄也の前を通って、救急車に乗せられようとしている。
「先生！」
鉄也が呼びかけた瞬間だった。高橋先生が目をあけた。そして、弱々しく答える。
「鉄也くん、あなたがピアノをやめたがってること、わたしは知ってたのよ」
そのまま先生は、車へ運びこまれた。
赤いサイレンが遠ざかっていく。救急車を見送りながら、鉄也はどなった。
「ちがうんだ、先生。おれ、生まれ変わったんだ。ピアノやりたいよーっ。つづけたいんだよーっ」
救急車は角をまがって、消えてしまった。

◆作者より

この作品の原案は、「警官と讃美歌」という短編です。

家も仕事も持たない主人公の男性は、刑務所のなかで冬をすごしたほうが楽だと思いつきます。そこで、お金もないのにレストランへ入ったり、ものをぬすんだりして、なんとか逮捕されようと必死に〝努力〟します。けれど、なぜかうまくいかない……。

そんなとき、美しい讃美歌のメロディーが聞こえてきます。主人公は感動して、もう刑務所に入ろうなどと考えずにがんばろうとちかいました。しかし、まさにその瞬間、警官に逮捕されてしまうのでした。皮肉な物語です。

書いたのは、O・ヘンリーというアメリカ人の作家で、短編小説の名手と呼ばれています。大どんでん返しのあるおもしろい作品が多数あり、わたしの大好きな作家です。「最後の一葉」「賢者の贈り物」といった作品も、よく知られていますよ。興味を持った人は、ぜひ本を読んでみてくださいね。

第三の子ども

阿刀田 高

とても不思議な一日だった。

春休みの朝、アキコは急に思い立って、

——行ってみよう——

二年前に亡くなった母の故郷、西方市をたずねた。前から考えていたことではあったけれど、突然、実行する気になったのは、なぜだったのか。

東京から電車を乗りかえて一時間と少し。アキコ自身も子どものころ、正確には小学一年の入学から二年の二学期まで、この町でくらしたはずだが、覚えていることは少ない。十五年がたって駅前通りなど、ようすの変わったところもあったが、路地へはいると、むかしのおもかげを残していた。

一枚の地図をたよりに、まず小学校をたずねた。職員に母を知る人がいて、

「どうぞ、どうぞ」

「すみません。ちょっと見せてほしくて……。いいですか」

「お母さんによく似ていらっしゃる」

「そうですか」

「早死にをされちゃって……。残念ですわね」
「ええ」
「どこを案内しましょうか？」
「のぞくだけでいいんです。講堂と、それから図書室」
「はい、はい」
先に立っていく。
春休みのさなかなので、生徒の姿はない。それでも小学校には小学校のにおいがあって、わけもなくなつかしい。
「覚えてますよね」
「はい」
雨天運動場をかねた講堂は、午後の日ざしを窓にうけて、四角いもようを床に散らしていた。
――ここだったわ――
奥まったところが少し高い壇になっていて、そこが催しものの舞台だった。見つめていると、耳の奥から声が聞こえてくる。「神さまの子どもを生みます。さあ、火をつけてください」と……。

これが、アキコのつぶやいたせりふだった。二年生の学芸会だった。

あのとき……たしか舞台のまん中に小さな小屋がつくられていて、アキコがその中に入ると、とびらがしまる。バラバラと人が集まってきて、たいまつの火が、綿でつくった赤い火が、かけられてパチパチと音が鳴り、舞台のまん中が赤く染まる。

アキコは小屋の中にかくれていたから、燃える火を見てはいない。頭の中で想像したこと。でも、それだけに、ぎゃくにイメージが絵となって残っている。

火の中から三人の子が生まれた。

あのときはよく知らなかったけれど、あとで知ったことでは、

——とても有名なお話——

日本神話の中でとりわけよく知られた物語で、『古事記』という古い本にくわしく書いてある。それは……。

神さまの名前はニニギノミコト、アキコが演じたのはコノハナサクヤヒメ。これも

あとで知ったことだが、コノハナサクヤヒメとは「木の花咲くや姫」であり、

——とってもきれいな名前——

その名のとおり美しく、神さまに愛されて、火の中から子どもを誕生させたのだった。火ははじめ、ボウッとほのおを出して燃え、そこからあらわれたのがホデリノミコト。次に、ほのおがすばやく、すせる（うごめく）ように走り、そこから生まれたのがホスセリノミコト。最後に、ほのおが細くなり、火が消えおわるとともに誕生したのがホオリノミコト。名前がみんな生まれたときのようすを古い言葉で伝えているらしい。父となったニニギノミコトは、「よい子に恵まれた」と、とても喜んで、ホデリノミコトにはウミサチヒコという名をあたえ、

「海を治めなさい」

と命じた。ホオリノミコトにはヤマサチヒコという名をあたえ、

「山を治めなさい」

と命じた。

学芸会では、たしか海彦、山彦と呼ばれていたはずだ。

このあとのことは母が話してくれ、アキコも本で読んだと思う。山を治めることになった山彦は、

「いつも山ばかりじゃ退屈だな」

と考え、兄の海彦に、

「たまには仕事を交換しようよ」

と、たのみこみ、兄の釣り道具を借りて海へ出たが、魚は一ぴきもとれず、それどころか釣り針を失ってしまう。兄の海彦は怒って、

「あれは大切な釣り針なんだ。どうでもさがしてこい」

ほかの釣り針ではゆるしてもらえず、山彦は泣く泣く海の底まで、なくした針をさがしに行く。

「浦島太郎のお話とおんなじね。竜宮城のようなところで大歓迎を受けるのよ」

と、これは母の声が聞こえてくる。

母はお話の好きな人だった。というより体が弱く、自分の命の短いことを知っていたのかもしれない。アキコにおもしろいお話をたくさん聞かせてくれたし、よい本を

いくつも読んでくれた。すてきな本を何冊もすすめてくれた。だから母の思い出は、いつもお話とつながっている。

「つぎ、どこへ」

と、案内の職員にうながされ、

「あの、図書室を少し」

と答え、廊下を二つまがった。あらかじめ考えてきたことだった。幼いころの自分の声を耳の奥で聞き、母の声を聞きながら足を速めた。

「あいてるわ。だれもいないけど」

「すみません」

生徒はひとりもいない。カウンターの中に係の人が……五十歳くらいの女の人がいるだけ。その人にあいさつをしてから、本だなをながめるうちに、ここでも、

——学芸会のすぐあとだったわ——

と、むかしのことを思い出した。あのとき、ふと図書室をのぞいたのだった。海彦・山彦のお話について、なにか知りたいとさがしていたのかもしれない。図書室には若

い司書さんがいて、アキコを見ると近づいてきて、
「劇、じょうずだったわよ」
という。学芸会を見ていたらしい。
「はい」
「でも、へんだわよねえ」
けなされたのかと思った。
「声が出なくて」
「ううん。はっきり聞こえたわよ。神さまの子を生むんだって。すごいわね」
「はい」
「でも、少しへんだわね」
と、大げさに首をかしげてから、
「だって、神さまの子を三人生んだんでしょ、火の中から」
「はい」
「ひとりが海彦、ひとりが山彦。あとひとりはどうなったの？」

「……」

アキコはとても答えられない。石のようにだまっていただろう。

「ねえ？」

といいかけ、あのときの話はここで終わったのではなかったか。若い司書さんはだれかに声をかけられ、入り口のほうへ去っていった……。

いわれてみれば、少しヘンテコ。でも、あのときは深くは考えなかった。だから忘れていた。

でも、ずっとあとになって、母が子ども向けの『古事記』を読んでくれたときのこと……。

「ねえ、お母さん」

アキコは本を手にしている母にたずねたはずだ。日だまりの廊下、母とならんで腰をおろし、足を投げだし……風景まで心に残っている。

「なーに」

「少しへんよね」

「なにが？」
「コノハナサクヤヒメは三人、子どもを生んだんでしょ。ひとりは海彦になり、もうひとりは山彦になり、あとひとりはどうなったの？　どこにも書いてないの？」
母は少し笑い、それから真顔になって、
「気がついたのね」
「ええ」
少しためらってから、
「いつか話してあげる」
「いま、だめなの？」
「怖いお話だし、きょうは、ちょっとご用があるから」
たしかに、母にはなにか外出の用事があるふうだったが、話してくれなかったのは、それだけの理由ではなかったのかもしれない。そして、
「遺伝て、知ってる？」
外出のしたくをしながらたずねた。

「知ってるわ」
「お母さんと顔がよく似ているとか」
「うん。それ、よくいわれる。背が高いのも髪が濃いのも、みんな遺伝だって」
「そうね。でも、お母さんやお父さんからもらうだけじゃなく……そうね、もっと古く、おじいさんやおばあさん……それよりもっとむかしの、先祖の特徴が急にあらわれたりして、とても不思議なものらしいのね」
「遺伝子があるんでしょ」
よくわからないが、言葉だけは聞いて知っていた。
「あら、よく知ってるわね」
「ううん、よくは知らない」
「そういうものが人間の体の中にあって、親から子へ、子から孫へ、ずーっと伝わっていくのね」
「うん」
「百年も、二百年も前のご先祖の遺伝子が、アキコの中にも伝わっているかもしれないのよ」
「すごーい」
「ほんと。人間て、すごいわね。でも、顔とか、体つきとか、性質とか、そういうものだけが遺伝するんじゃなく、むかしの人の記憶も遺伝するかもしれないの。記憶、知ってるわね」
「頭の中で覚えていることでしょ」
「そう。むかしのご先祖さまが記憶していたことが遺伝子の中に組みこまれて、ある日、急にアキコの頭の中にあらわれたりするのね、自分の記憶として」
「ふーん」
どこまで母の言葉が理解できたことか、それに……このことと、コノハナサクヤヒメが生んだ三人めの子とがかかわっているなんて、少しも考えなかった。母はなにかしら信じていたにちがいない。

年月が流れた。

母は病気がちで、アキコがまくらもとで世話をすることが多くなった。

――あれは、秋――

三年前の秋……。だから、死ぬ一年ほど前のこと。庭のもみじが赤い火のように燃えていた。母は気分のよいときには、ひどく明るくなる。せいいっぱい命を活動させていたのかもしれない。あるいは、燃えたつもみじが、なにかを連想させたのかもしれない。

ベッドの中からうれしそうに、

「あれ、闇彦っていうのよ」

突然、いいだした。アキコがおどろいて、

「なによ」

とたずねれば、

「ほら、三人めの子ども」

近所の知人のことのようにいう。アキコも、すぐにはわからなかった。でも、思い出して、

「ああ、なにかと思ったら神話ね。海彦と山彦と、それから……」
「闇彦。くらやみの闇よ」
「ええ……」
母はせきこみ、息をととのえていたが、
「闇を治めるよう命じられたの。でも、治めるのがまっくらやみの世界だから、まわりの人はよくわからないの。だから、お話が残っていないのよ」
「ええ……」
「コノハナサクヤヒメ、知ってるわね」
「もちろん」
「コノハナサクヤヒメのお姉さんに、イワナガヒメがいたの」
「ええ」
これは、日本神話の海彦・山彦のあたりを読めば出てくる名前だ。
「闇彦はこの人にあずけられ、育てられたのね」
「ええ」

母はしばらく目をとじていた。
「西方市、知ってるわね」
「お母さんの生まれたところでしょ」
「あなたが小学校へ入ったところよ」
学芸会に出演したところでもある。
「ええ」
「市役所の裏に、〈ノワール〉ってコーヒー店があるの。せまい路地の奥だけど、店の中に本だながあって、たくさん本がならんでいて、二階の部屋では静かに本が読めるの。地図をかくから、いつか行ってみて」
「いいわよ」
母には、なにか思い出があるのだろう。
「二階のたなの右がわに、オレンジ色の薄い本がさしてあるわ。それを読めば、わかるわ、闇彦のこと」
「へえー。いまでもあるかしら」

「行ってみて」
「いいわよ」
そこへ行き、その本をさがしあてて読めば、闇彦のことがわかるにちがいない。しかしアキコは、母が病気で弱ってしまい、遠い日のことをポツンとつぶやいたのかな、と思い、母がそのままおしだまってしまうと、それ以上たずねることもせず、心にもとめなかった。
それを思い出したのは、母の死の少し前……。
「いちばん下の引き出しに、地図があるわ」
ベッドのわきに置かれた小だんすを目でしめす。
「なんの地図？」
「ほら、いつか話したでしょ。西方の、コーヒー店、〈ノワール〉よ」
「ああ、闇彦のお話がのっている本があるのね」
「そうよ。行ってみて」
今度は心に残った。

しかし母が死んでしまうと、アキコもなにかといそがしかったし、
――わざわざたずねてみることかしら――
とまどっていたのである。
ただ、母に先立たれ、さびしさを感ずるたびに、
――あれ、なんだったのかしら――
母の言葉を思い出し、ゆっくりと考えるようになった。闇彦のこと、遺伝のこと、〈ノワール〉にあるオレンジ色の本のこと……。それを話したときの母の真剣な表情を思いうかべ、
「みんな、つながっていることなのかもしれないわ」
西方市まで足を運んでみる気になったのである。

小学校を出て山に向かい、大きな寺を見つけた。西方は、山ぞいに寺が多く建つ町だ。
「ここね」

地図の左にかいてあるのは、この寺だろう。
寺は満開の桜につつまれていて、とても美しい風景だ。
「ちょっと寄り道をして」
と、寺の本堂へ続く階段をのぼった。階段のいちばん上にすわって眼下の景色をながめるうちに、
「こわい」
と思ったのは、なぜだったのかしら。一面がほの白く広がって、なんだかこの世の風景ではないみたい。
「行こう」
と、腰をあげ、しばらくは寺の境内をながめ歩いた。寺には裏手にも階段がある。そこをおりて道をさがした。
本当に、とても不思議な一日だった。
地図をたよりに〈ノワール〉をさがしたが、なかなか見つからない。日も落ちて、街もしだいに暗くなる。一本か、二本、まがる角をまちがえたのかもしれない。ス

タートしたときの寺が、そもそもちがっていたのかもしれない。
「お母さんの地図がまちがっているのかな」
むかしの記憶をたよりにかいたのだから、その可能性もあるだろう。〈ノワール〉そのものがなくなっているのかもしれない。
さんざん迷ったあげく駅の裏口に出て、
「もう帰ろう」
疲れたし、夜になっていた。あきらめて電車に乗りこみ……少し眠ったのかしら。
「だめよ」
つぶやいて席を立ち、電車を乗りかえ、ふたたび西方へもどった。せっかくここまで来て、あきらめてしまうのは、もったいない。心が弱すぎる。
もどって、夜の街をさがすと、今度は、
「あった」
ようやく〈ノワール〉を見つけた。
「こんばんは」

「はい」
奥から声だけが聞こえる。女の声……少し年とった人みたい。
「お二階、あるんですか」
「どうぞ」
ギイギイと音を鳴らして階段をあがった。
小さな部屋。壁いっぱいに本がならんでいる。
「コーヒーをください」
それだけは注文したと思う。飲んだ覚えはないけれど……。
すぐに右手の本だなをさがした。
「ない」
その近くはもちろんのこと、すみからすみまで、たなの中の本をさがした。
「もうないんだわ」
しかたなく駅にもどった。
でも、あきらめるのはつらい。とても薄い本のような話だった。もう一度、〈ノワー

ル〉にもどった。
「こんばんは」
「どうぞ」
目をこらしてさがすと、
「あった」
燃えるようなオレンジの表紙。学校のノートより薄い一冊。灰色の紙にあらい印刷で、こまかい字がならんでいる。
夢中になって目を走らせた。
「知っているわ」
はじめの二、三ページは……知っている。
ニニギノミコトがコノハナサクヤヒメに会って、
「わたしのお嫁さんになってほしい」
と、たのんだのだ。
「父にいってください」

そこで、ニニギノミコトがヒメの父親のオオヤマツミに願うと、
「わかりました」
ニニギノミコトの希望にこたえ、さらにもうひとり、姉娘のイワナガヒメもいっしょに送り入れた。
だが、ニニギノミコトはコノハナサクヤヒメだけを受け入れる。オオヤマツミは悲しみ、なげいて、
「コノハナサクヤは木の花が咲くように美しいけれど、長くは栄えません。イワナガは人のいのちを支配し、岩のように強く栄えます。それをお返しになるなんて残念です」
と、つぶやいたとか。
そして、このあとコノハナサクヤヒメが神の子を三人生むのだ。海彦と山彦と……。
オレンジ色の本は、海彦と山彦にはほとんどふれず、
『残されたひとりは、イワナガヒメにあずけられました。
「あなたは闇彦と名のりなさい。そうして闇の国を治めなさい」

「闇の国ですか」
「そうです。くらい、くらい、死の国です。人のいのちを治めてください」
と続いていく。
アキコは、
「ああ、そういうことだったのね」
と、うなずいた。山彦が野山を治め、海彦が海を治め、もうひとりは、それとはべつに死の国を治める。闇彦についてほとんどなにも知られていないのは、それがくらやみのできごとだから……。
『ヤミヒコはたずねました。
「わたしはこの世でなにをすればよいのですか」
「死んだ人のこと、ほろびた国のこと、しっかりと記憶して伝えるのです」
これが闇彦の役割となりました』
この世から消えてしまったことを伝え残す。いっしゅん、雷鳴のようにアキコの頭に、

「文学の誕生かしら」

おとなびた考えがかすめた。

きっとそう。でも、それは楽しいこと、美しいことばかりではない。むしろ死とか、滅亡とか、悲しく、つらいこととつながっている。苦しんで死んだ人がいただろう。恨みを残して死んだ人もいただろう。ひとときは栄えたものの戦火に焼かれて、あとかたもなく消えた町も国もあっただろう。オレンジ色の本は、とってつけたように、そんな話を……悲しい話や恐ろしい話をならべたあとで、

『これを記憶するのが闇彦の血です。闇彦の血は子孫に受けつがれ、この本を読む人は闇彦の血を持っているのです。突然、むかしの記憶をよみがえらせるのです。遠いむかしの恨みや、怒りや、悲しみを……』

アキコは目をあけた。東京へ帰る電車の席でゆれていた。

本当に、不思議な一日だった。

「どこからが夢だったのかしら」

それもよくわからない。

「本当にオレンジ色の本を読んだのかしら」

読まなければ知るはずのない知識が、頭の中に残っている。たとえば、闇彦の正体……。読んだから、わかったことだろう。

思い迷ううちに、何日かがすぎ、

「お母さん、たくさんお話を知っていたわ」

知っているばかりか、いつも本当にあったことのように話してくれた。自分にあったことのように読んでくれた。

「お母さんこそ、オレンジ色の本を読み、闇彦の血を受けついだ人だったのかもしれない」

体の中に、遠いむかしからずっと続く血を宿して……。

ならば、それはアキコにも伝わっているのではないだろうか。そして、アキコも母に誘われて、オレンジ色の本を読んだのではないのだろうか。

小さいときから、いろいろな夢を見た。夢かどうか、疑いたくなるほどはっきりとした夢もあった……。それが自分に起きたことのように、はっきりと……。自分の記憶のように、はっきりと……。

きのうも見てしまった。

姉と妹が野の道を歩いている。手をつないで歩いている。姉はやさしい笑顔で妹を見つめている。でも、妹の顔はゆがんでいる。

「楽しいわね」

と、姉がいっても、妹は、

「どうせ今だけでしょ」

と、にらんでいる。

急に空がくらくなり、激しい雨が落ち、雷鳴がとどろき、雷光がさす。

「助けて」

二人はちりぢりに逃げだす。

姉は大木の下へ飛びこむ。妹はそのまま気を失った。

雨が小ぶりに変わり、雷も遠のく。姉は気をとりもどしたが、妹の姿がない。さ

がしまわり、
「こんなところに」
と、花の中に妹を見つけて助けおこしたが、妹はいやな目つきで、
「どうせ、わたしを見捨てるんでしょ」
むこうに川が流れている。水かさがどんどん増してくる。男たちがやってくる。二人のどちらかをねらって……。
大川に橋をかけねばならない。姉妹のどちらかを人柱に立てなければいけない。だれかを犠牲にして川の神に祈り、神の救いを求めるのだ。姉はくじをごまかして、妹をその務めにあてた。
「ちがうわ」
さけんだとき、二人をかこむ大きな花が人の顔に変わり、花のしんがくちびるに変わってケラケラと笑った。
アキコの記憶はただごとではない。
「あの姉娘は、お母さんなのかしら」

姿は似ていたような気がする。妹は……わたしなのかしら。だれか先祖のやったことが記憶となり、血となってよみがえったのかもしれない。とても恐ろしい。身がふるえるほどなまなましい。目ざめて、

「もう一度、〈ノワール〉に行ってみようかしら」

オレンジ色の本をしっかりと読み返さなければいけない。

闇彦がなんなのか、知りたい。

「お母さんは、それをわたしに教えたかったのかしら」

人間たちの記憶が、だれかの血の中にずっとずっと伝わっていることを……。

◆作者より

『古事記』は日本でいちばん古く、七一二年に作られた歴史物語の本である。天武天皇が命じ、稗田阿礼が語り、太安万侶がまとめた、とか。歴史を含んでいるが、物語、つまりフィクションと考えるべきところもたくさんある。上中下の三巻からなり、とりわけ上巻は神話であり、史実というより日本人の古代への想像を多く語っている。

たくさんの物語が含まれているが、上巻の後半、天の国から日本の国土にくだったニニギノミコトが美しいコノハナサクヤヒメを妻とし、ヒメは火の中から三人の子をもうける。三人のうち二人は海彦、山彦となり、やがて天皇家の始まりへとつながっていく。この物語はよく知られているが、残りの一人はどうなったのか。『古事記』はなにも記してないが、それを闇彦と名づけて勝手に想像をふくらませたのが、この「第三の子ども」だ。海彦が海を支配し、山彦が山を（陸を）支配し、ならば残りの一人は死の国、闇の国を支配したのではないか。滅びるものを語るのが文学の始まりではなかったか、これがわたしの考えであり、この考えを現代の小説に創ってみた。

古典への扉

何度も手を洗うくせ

藤真知子「マクベスの消しゴム」のマクベスは、イギリスの劇作家、シェイクスピアの四大悲劇の一つ「マクベス」（十七世紀はじめの作品）の主人公です。将軍のマクベスは、妻とたくらんで主君を殺し、自分が王になりますが、不安にさいなまれつづけます。

冬の夕暮れ、「マクベスの消しゴム」のユカに声をかける魔女みたいなおばあさんも、おばあさんからもらった消しゴムを使うたびに手が真っ黒になったような気がして、手を洗いつづけるユカのくせも、シェイクスピアの「マクベス」に描かれていることにつながっています。ユカの物語が「マクベス」とどんなふうにかわっているのか、原作を読んで、たしかめてください。新潮文庫の『マクベス』（福田恆存訳）などで読むことができます。十九世紀のはじめに、ラム姉弟が戯曲を物語に書きかえた『シェイクスピア物語』で読むのもいいでしょう。偕成社文庫（厨川圭子訳）や岩波少年文庫（矢川澄子訳）などで翻訳が刊行されています。

なんとかしてピアノのレッスンをやめたい――**吉野真理子「さよならピアノ」**の鉄也の

願いは、なかなかかないません。悪い願いをねがっても、うまくかなわないという物語は、O・ヘンリーの短編「警官と賛美歌」を引きついでいます。「警官と賛美歌」の主人公、ソーピーは、何をねがったのでしょう。偕成社文庫の『最後のひと葉　オー＝ヘンリー傑作短編集』（大久保康雄訳）で読んでみてください。O・ヘンリーは、二十世紀はじめのニューヨークを舞台に、数多くの短編小説を書いた作家です。

『古事記』に登場するコノハナサクヤヒメは、三人の子を産んだといいます。三人のうちのふたりは、海彦、山彦になったけれど、もうひとりは、どうしたのか……。**阿刀田高「第三の子ども」**は、そこから考えられた物語です。橋本治が現代のことばで著した『古事記』（講談社）などと読み合わせると、より深く楽しめるはずです。

令丈ヒロ子「仙人さん」の仙人さんが、木の杖で、どんとコンクリートの床を突くと……、これは、『今昔物語集』に登場して、またたくまに瓜畑を出現させるおじいさんの話を思い出させます。杉本苑子著『今昔物語集』（講談社）に「一文惜しみの百両損」の題で書かれていますから、読んでみてください。

（児童文学研究者　宮川健郎）

作者

令丈ヒロ子

（れいじょう　ひろこ）

大阪府出身。著書に『あたしの、ボケのお姫様。』『パンプキン！　模擬原爆の夏』「若おかみは小学生！」シリーズ、「温泉アイドルは小学生！」シリーズなど。

藤　真知子

（ふじ　まちこ）

東京都出身。著書に「まじょ子」シリーズ（既刊58巻）、「わたしのママは魔女」シリーズ（全50巻）、「チビまじょチャミー」シリーズ（既刊8巻）など。「モットしゃちょうとモリバーバのもり」で台湾の小緑芽奨受賞。

吉野万理子

（よしの　まりこ）

神奈川県出身。『秋の大三角』で新潮エンターテインメント新人賞受賞。著書に『いい人ランキング』『劇団6年2組』『ひみつの校庭』『想い出あずかります』『時速47メートルの疾走』「虫ロボのぼうけん」シリーズ、「チーム」シリーズなど。

阿刀田　高

（あとうだ　たかし）

東京都出身。『来訪者』で日本推理作家協会賞、短編集『ナポレオン狂』で直木賞、『新トロイア物語』で吉川英治文学賞受賞。著書に『ギリシア神話を知っていますか』『旧約聖書を知っていますか』『楽しい古事記』『ものがたり風土記』『短編小説のレシピ』など。

画家

浅賀行雄

（あさか　ゆきお）

東京都出身。イラストレーター。『四畳半調理の拘泥』ほかで講談社出版文化賞さし絵賞受賞。作品に『擁壁の町』（新聞小説挿絵）、『さるかにがっせん』（絵本）、『芥川症』（装丁画）など。

装丁・本文デザイン　鷹觜麻衣子（たかのはし）
編集協力　宮田庸子

古典から生まれた新しい物語＊こわい話
第三の子ども

発　行　2017年3月　初版1刷
編　者　日本児童文学者協会
画　家　浅賀行雄
発行者　今村正樹
発行所　株式会社偕成社（かいせいしゃ）
〒162-8450　東京都新宿区市谷砂土原町3-5
TEL.03-3260-3221（販売部）　03-3260-3229（編集部）
http://www.kaiseisha.co.jp/
印　刷　三美印刷株式会社
小宮山印刷株式会社
製　本　株式会社 常川製本

NDC913　126p.　20cm　ISBN978-4-03-539640-6
©2017, 日本児童文学者協会
Published by KAISEI-SHA. Printed in Japan.

乱丁本・落丁本はおとりかえいたします。
本のご注文は電話・FAXまたはEメールでお受けしています。
TEL : 03-3260-3221　Fax : 03-3260-3222
e-mail : sales@kaiseisha.co.jp

時間をめぐる五つのお話

Time Story
タイムストーリー

全10巻

第一期

5分間の物語

1時間の物語

1日の物語

3日間の物語

1週間の物語

第二期

5分間だけの彼氏

おいしい1時間

消えた1日をさがして

3日で咲く花

1週間後にオレをふってください

日本児童文学者協会 編

©磯 良一